日本文学館

《ユメ》

～リミティス～
全ては　ひと時の夢
決して叶うことのない　浅はかな願い
きっと　許されない
いつまでも……想いが届くことはない
伝えることも許されない現実で
叶わない夢を見た
光の届かない闇の底
汚れのない雪を
白く煌めく雪に　貴方への想いを馳せて

《凪》

〜シクライド〜
曇ってしまった心に
冷たく心地良い風が吹き抜ける
何処までも自由なソレを
羨ましそうに眺めてた
いつまでも……
瞳に秘めた悲しみも
見せることのない深さも……
守れただろうか？
大切なモノは
最後まで告げられない想いもまた
永久《とこしえ》に流れ得る凪の中

一冊の本が薄暗い書物室の隅に収められていた。埃を被り、その存在は人々から忘れ去られようとしていた。

一人の人物が微かな灯りを手に、この書物を求め歩みを進めていた。そして書物を探し当てると迷うことなく取り出した。表紙にうっすらと被っている埃を手で払うと、かすれた文字が現れた。

「黙示録」という名の本は、いつの頃からか人知れず存在していた。世界の始まりと終わりが書き示されているのだが、大半は世界に存在する二つの国の成り立ちや規律、思想について書かれている。宗教の存在しない世界ではあるのだが、国の性質を示すことで世界全体の秩序を保つのが、黙示録の一番の目的だと言う。だから、この本は存在しているだけで充分であり、他に必要性を問われることもなかった。何より、最終章に記載されている世界の終焉は一部の人々から偽りだという訴えさえあるのだ。

そんなことを知っているのか、黙示録を手にした人物は最初のページを開いた。

第一章というタイトル文字の下に、文章はまるで物語のように綴られていた。

この空間は二つの国により構築されている。光に属するフラスと、闇に属するディネスである。光と闇という属性で両国を隔てているのには理由がある。

空間に光をもたらす太陽をその領域に備えているのがフラスなのだ。両国の境には巨大な木の群れ・森がある。それに伴いディネスは、フラス側からの太陽の光が届かないのだ。つまり、太陽の有無が光属性、闇属性という区別をしている所以である。

フラスは太陽の恵みを受けているため、年中温暖であり、四つの年が定まっていた。国中を花々が咲き乱れる、聖花《せいか》の期。青葉が茂り、心地良い風が吹きすさぶ、青風《せいふう》の期。木々の葉が紅色に染まり、収穫が豊かな、収実《しゅうじつ》の期。そして何十年、何百年に一度訪れ、国を唯一、寒さで覆う、降雪《こうせつ》の期である。例外はたまにあるが、各期が順に十二巡節（一巡節が三十日）を経て、次の年へと移り行くのだ。

フラスの治政は、代々一人の女性が治めている。その称号は后《きさき》とされ、生涯を国に捧げ守ることを一身に担うことになる。そして、己一人の力のみで後継者を産む能力が備えられているのだ。後継者が一人以上存在することはない。もし、存在し得るとするならば災いの前触れとされている。

そこにある文章をなぜか、その人物は読むことができないでいた。それは一種の拒絶なのかもしれなかった。瞳には暗い影が広がっている。

しかし、ほんの数秒、空を仰いだだけで、その者は再び文章に視線を戻していた。

光の届かないディネスは、気温も低く収穫も少ない。そんな中で人々は光を放つ、特殊な雪を光源として生活を営んでいた。この雪は巨木が成す森に棲む竜の力の一つだと言われている。

ディネスの治政は、八名の者達が担っている。この八名は光を放つ雪とは別種の雪が選定を行っている。雪が降る間隔・時期は定まっておらず、選定された者達は次の雪が降るまで、国を治めなければならない。上層部と呼ばれる八名は選定時の潜在能力が国内で最も優れていると考えられている。又彼らには、その潜在能力がピークを迎えた年齢以降は年をとらないという特権も与えられる。

雪という人外の存在が、国を担う者達を選んでいるのには大きな理由がある。又、これこそが、フラスとの最大の違いであり、敵対関係となってしまった要因でもあった。

ディネスでは、人々は空間の歪みから誕生する。故に、血縁関係は存在しておらず、容姿が他の誰かと似る、などということもなかった。そして、歪みから生まれた子供は、その場に居合わせた人の意志により育てられる。よって、人や環境の巡り合わせが悪ければ、子供が成長することはできないのだ。

一方のフラスは、人々は両親が存在して初めて誕生する。だから、血縁関係もあり、結びつき意識も強いのだ。后は唯一の例外ではあるのだが、人から生まれることには違いなかった。

人が空間の歪みから誕生する……その違いがフラスの人々がディネスの人々を嫌う要因であった。何か得体の知れない生物のように感じてしまうのだろう。

黙示録は、他の書物と比べれば最も客観的に両国の成り立ちが説明されていた。それでも、何百年、いや何千年かもしれない間を渡っていくうちに、内容は少しずつ変化していったのかもしれない。本が古びてボロボロになれば、複写される……幾度もそれを繰り返す。その度に写した人物の解釈が加わっていく。そんな光景が、黙示録を手にしている者には浮かんでいた。文面に、少しだけフラスに対しての疑問が投げかけられているように感じたからだ。

その黙示録の中で最も人々が知っている箇所がある。それは最終章の世界の終焉の一部分である。批判が飛び交う中、覚えやすいように詩《うた》になった部分で、人々は一種の伝説として伝え残してきた。

雪が降る　白く光る雪が
ディネスでの光となり、又、終わりと始まりを告げるもの
フラスでの降雪の期をなし、寒さを運ぶ
雪に紛れ、仲介者が訪れる
フラスに、ディネスに、再生という名の契約を交わすため
時と空間を司る者との交約をとりなす者
その姿も形も、ただそれだけのために存在し、造られた

今の人々が知っている伝説はここまでである。長い年月が黙示録を、そして

この詩さえも風化しつつあった。
しかし、この物語が再び動き始める時が訪れた。一つの別れと、一つの出会いによって。

――死んでくれない、ルノア。私とお母様のために
――呪われた血を持つ者よ、お前に生きている価値などない
――死ね！　その忌まわしき力と共に
代わる代わる憎悪に満ちた衛兵たちの顔が浮かんでは消える。それに混じって、自分と大差ない年頃の少女も罵声を浴びせていた。彼らから逃れようと、少女は必死にもがいた。しかし振り回した手が触れると彼らの姿は消えるが再度現れ取り囲む。ついには、その中の一人が剣を抜いた。瞬間、全ての者の視線が剣に集まり、少女の動きも止まった。
「いやぁ～!!」

……ゆ、め……？

少女は見たこともない森の中で目を醒ました。乱れている息を整えつつ、視線を巡らしてはみるものの、かろうじて自分が森にいるらしいとしか分からなかった。そして無意識のうちに起き上がろうと腕に力を入れた。

「っつ……！」

と、同時に全身を激しい痛みが突き抜けた。特に左腕は力を入れることすらままならない。痛みによって意識が覚醒するのに伴い、視界も明確になってきた。そして、彼女は意識を更に呼び覚ます現実を目にした。

夥しい血だ。その血も、痛みも左腕に受けた傷以外からのものであることは明らかだった。その状況を少女は静かに見つめていた。

「呪われた血……か」

朧げな記憶は残されてはいた。あの人達が言っていたことに間違いはないのかもしれない。防具に身を包み、憎しみに満ちた表情で顔を歪めた衛兵たちが思い出された。

夢……だったらどんなに良いか、そんな叶いそうもないことを少女は考えていた。悪夢の続きを振り切るかのように、少女は頭を振った。けれど、すぐ現実に引き戻されてしまうのは、全身に浴びているらしい血の痕跡のためだった。身にまとっている黒色の質素なワンピースは赤黒く変色していた。黒という色のお蔭で、それほど目立っていないことに、彼女はどこかホッとして胸を撫で下ろしていた。

ふと、痛みが治まりきらない左腕に目をやった。そこには当然というべきものが目に入ってきた。大きく切り裂けた衣服の下に、深い切り傷がのぞき乾ききらない血が滴り落ちていたのだ。腕を持ち上げる力もないことに、ようやく納得した。しかし、感覚自体も怪しくなってきているというのに、その手にはシンプルな短剣が握り締められたままだった。装飾も施されていない、見せかけだけの剣だ。その剣に鞘はなく、刃は血色に染まっていた。それを少女は、夢から醒めた時のように悲鳴をあげることもないままに、無言で見つめていた。

「私は……生きていてはいけない」

彼女は、裏切りや突きつけられた現実に目を背けずにはいられなかった。

けれど、そんなことより自らがもたらしたこの状況が、何よりも許せなかった。そして彼女の頭の中は《死》という言葉だけに支配されたかのように、麻痺していた。握り締めていた短剣をもう一方の手で支えるように持ち上げ、刃先を自分へと向けていた。

「これで、全て終わる」

少女は短剣を握る両手に力を込め、目を閉じた。


『時と空間を司りし者の名の下に、彼《か》の者との契約を結べ』

今朝の光景が頭の中でリプレイされていた。

いつもと変わらない朝だった。何年もの間彼女は宮殿に住むほとんどの人間と、顔を合わせることもなく自分に与えられた部屋で過ごしていた。彼女が部屋から出してもらえるのは、特別な時と決まっていた。それも、后の娘だからという理由で、外では薄いヴェールを被らされていたため、直接誰かと言葉を交わすことは叶わなかった。

「貴方は将来、私の後を継ぐ者なのです。成冠式までは、この部屋を私の許しなく出てはいけませんよ」

それが母の口癖であった。

成冠式とはこの国で成人として扱われる年齢、つまり十歳を迎えた年に行われる儀式のようなものだと聞かされていた。通常ならば、それまでに様々な知識や武術を身につけることが義務づけられているらしい。しかし、国を率いることとなる自分にはその必要がないと言われていた。なぜなら、成冠式を受けることで后として必要なことは全て与えられるからだと聞かされていたからだ。

その代わり、この部屋から母の許しなく出ることは出来なかった。『外は危険だから……』と言うばかりで、それ以上は何を聞いても答えてはくれなかった。

少女は、宮殿の離れにあたるその物淋しい部屋で、何年も母以外とほとんど接することなく過ごしてきた。それでも毎日の出来事を必要最小限ではあるが、知ることができていたのは、面会が唯一許された人物、一つ違いの妹のお蔭だった。

「今日はね、皆で私の誕生日をお祝いしてくれたのよ」

無邪気な笑顔で一日の出来事を話してくれていたのは、つい昨日のことだった。

外に出ることの少ない私にとって、彼女とのおしゃべりは数少ない楽しみの一つだった。

歴代の后は聖花の期に生まれるとされていた。しかし、二年続けて同じ期が訪れるのは初めてのことだったらしい。

「カイが羨ましいわ。いつも自由に外でいろいろな人達と会うことができるなんて」

「良いでしょ〜。でも、仕方がないわ。ルノアは私より先に生まれたのだから」

どこか得意そうに話す妹をいつものように羨ましそうに、そして少し寂しく見つめていた。自分と一つしか違わないというだけで、自由が与えられている金髪碧眼の少女。瞳の色がルノアより少しだけ色素が薄いという点を除けば、鏡に映したようにそっくりな存在だった。その姿をルノアは時々恨めしく思った頃もあった。けれど、彼女の母がそれを窘めるように諭したのだ。何度も何年もかけて言い聞かされてきた。『貴方は私の後継者なのです。光の国を担う者は心に一点のかげりも持ってはなりません』と。だから、今の彼女には妹カイに対して、羨ましい以上の感情は持ち合わせてはいなかった。

そんなルノアの事情など知るはずもないカイは、遊ぶものが何もないこの部屋は退屈で仕方がないようで、最近はこの部屋を訪れる時間も短くなってきていた。来たところで、姉と話す以外することもないので、三十分いるかいないかで帰ってしまう。

カイは興味なさそうに机に置いてある本をパラパラめくっていた。確かあれは、異界の物語が書かれてある本だっただろうか？　そんなことを思いながら、妹の行動を目で追っていた。と、彼女は先程のカイの言葉が気にかかり話しかけた。

「ねぇ、カイは今年で何歳に……」

「そうだ」

ルノアの言葉を遮るようにカイも口を開いた。そして、ルノアの質問など気にする様子もなくカイは先を続けた。

「明日はルノアの誕生日でしょう？　私からお母様にお願いしてあげるわ！　ルノアと一緒に外で遊んでも良いでしょうって」

「本当、カイ？」

ルノアは思わず妹の腕を掴んでいた。その深緑の眼には、光が差し込んでいた。

妹とは一歳違いだった。けれど、カイの方が一日だけ早く誕生日を迎えるという、少し変わった形になっていた。誕生日も年も近いため、二人は互いを名前で呼びあっていた。だから妹という意識もあまりなかったように思える。言葉遣いや礼儀作法に口煩い母でさえ、これを黙認していた。

「せっかくの誕生日だもの。お母様もきっと許して下さるわ」

カイは少し戸惑いを見せながらもそう答えた。

「ありがとう!!」

純粋に外に出られることが嬉しかった。カイに遮られてしまった質問など、もはや頭の中から消えていた。

閉じ込められているという感覚や苦しさは薄れていたが、部屋から出られるという事実は素直に嬉しかった。ヴェール越しで構わないから外との接点を持ちたかったのだ。この前、外に出してもらえたのはカイが熱を出して寝込んだ時だった。妹を見舞うため、そしてその後とり行われた小さなパーティーに出席するためだ。しかし、よく思い出してみれば、ルノアに部屋を出る許可が下りるのはカイが体調を崩し、何かの行事が重なった時だけなのだ。

けれど、今の彼女には何の不安要素もない。行動範囲が制限されている点を除けば、母や妹に大切にされていると感じていたから。彼女の心の中を占めているのは、明日のことだけだった。

はやる気持ちをできるだけ落ち着かせ、ルノアは再びカイに目をやった。カイは既に、ルノアの手を離れ先程と同じようにつまらなそうに本をめくっていた。今度は本棚に収めていた本を出してきたようだ。その様子を横目で見ながら、彼女は窓辺へそっと移動した。窓越しに見える範囲も限られているここからでは、せいぜい中庭くらいしか眺められなかった。見慣れて変化のない景色を見つつ、カイに気づかれないようにため息をついた。

〝アトツギ〟……その言葉の意味など知らないまま、ルノアは生まれつき許されないことが彼女より多いのだと理解していた。いや、思い込もうとしていたのだろうか。

どちらが本当のアトツギなのかも知らず、そして今日この日が何の意味を持つのか知らないまま時は刻まれていった。


暗く、周りを認識することも難しい森の中で叫び声のような音が聞こえてきた。

その不気味な響きに呼び寄せられ、ルノアは痛む身体をひたすら引きずるように進んだ。いつの間にか降り始めた冷たい雨が、傷ついた身体を更に痛めつけるように激しさを増していた。だが、返り血で汚れた身体を洗い流してくれている雨が嬉しくも思えた。

そうして行き着いた先に待っていたのは、五メートルはあろうかという漆黒の竜だった。目の前にいる生き物は竜だと、ルノアは直感していた。暗闇ではっきりとした姿は認められなかったが、竜の全身を覆う羽根に雨の雫が乱反射して不気味な光択を放っていた。その輪郭は、ルノアが何度も繰り返し見てきた物語に登場する竜そのものだった。

全身を包むように生えている少し長めの羽根、脈打つように動いている背部にはきっと、立派な翼が隠されているはずだ。

けれど、と彼女は不思議に思った。彼女が知っている物語の竜は、眩しいほどの白色だったのだ。

「光の国の者が、何の用だ?」

竜の姿に見入っていたルノアの全身に、音の粒子とも言えるものが響きわたった。ハッとした。彼女と対峙している黒竜は、その長い首をまっすぐ起こし真紅の眼で見下ろしていた。全体から殺気が空気を伝わってくるのが感じられた。

「分からないんです。……あなたは、誰なんですか？」

「貴様が何のためにここにいるのか、私が誰なのか、そんなことは死にゆく者には関係のないことだ」

返ってきたのはどこまでも冷たい声でしかなく、薄暗い森をより深い闇へと誘っているかのようだ。彼女は、かすんできた目を瞬かせた。しかし、意識は遠のき始めていた。それほどまでに彼女の体力は限界に達していた。

それでも闇よりも深い漆黒に包まれた竜の姿を必死で捕えていた。彼女は竜から放たれている冷たい殺気ではなく、その尾にある浅い傷を気にしていた。太く長い尾も羽根に覆われていたが、微かに変色している所があったのだ。それはちょうど、彼女が着ているワンピースが血で変色しているのに似ていた。自然と彼女の足は竜の方へと向かっていた。

「！……貴様！　何をする、放せ！」

今まで押さえ込んでいた怒りを放出するかのような音量を轟かせ、黒竜は長い尾を思いっきり振りきった。

「うっ!!」

尾にある傷口にわずかに指先が触れた感触が伝わったと同時だった。ルノアはそのまま後方にある大木まで飛ばされていた。

「フン！　貴様らフラスの人間が、この私に触れるなど……」

「だい……じょう……ぶ、傷口から……毒は、抜け……か、ら」

ルノアはそれだけを必死に伝えた。歪んでいく視界の中で彼女は、毒が浄化された印であるライトブルーの霧が竜の尾から放出されているのを確認した。

彼女は魔法を教わったことは一度もなかった。それがなぜ使えたのかは彼女も知り得ないことだ。彼女が分かったのは、傷に触れた瞬間感じた生き物の温かみとは違う熱と、それが放出されていく感触だけだった。

勘違いをしている者が多いが、魔法に長い呪文は必要ない。それはただの飾りでしかなく、実力がある者ならば軽く意識を集中しただけで使えるという。呪文が必要とされるのは、何かの力を借りる魔法であるか又は、術者が未熟であるかのどちらかに限られていた。

魔法には攻撃主力を始め、防御系、治癒系、召換系など様々な系統が存在している。この中で毒の浄化は、治癒系でも難しい分類に属していた。なぜなら、治癒とは別に解毒の魔力も要するうえ、毒の種類を知っていなければ効力を成さないからだ。

その事実も知らず、自分の声が届いたかも分からないままルノアは、意識を失った。

『時と空間を司りし者の名の下に、彼《か》の者との契約を結べ』

昨日の約束通り、母はルノアの外出を許したらしく、翌朝カイが部屋まで迎えにきた。そして彼女が案内する後に続いて外に出た。すると当然のことのように部屋の外で待機していた衛兵たちがついて来ていた。ルノアが部屋を出る際は例外なく衛兵が一人以上、ついてくることになっていたので、特に気になりはしなかった。

外に出る許可がおりても宮殿の敷地内のことだと思っていた。現に彼女は宮殿の外庭より遠くに行ったことはなかった。

それが今日は、話に聞いたことしかない短縮路の中を歩いていた。短縮路は宮殿から離れた場所に向かう時に使われる道である。ここを通れば数十キロ離れた所へも、ほんの数分で行くことが可能なのだ。

ルノアは初めて歩く短縮路をもの珍しそうに、辺りをキョロキョロ見回しながら進んでいった。短縮路は半透明のドーム型のガラスで包まれ、通り過ぎる景色はどこも早送りされて変わった模様に見えていた。

やがて短縮路の出口を抜けると、そこには草原が広がっていた。その広大な景色にルノアは圧倒されて思わず立ち止まっていた。

外に出してもらえたことは嬉しかったが、どこか不自然に思えてきた。宮殿の外に出してもらえたのも初めてだというのに、ここは国の端にあたる所のようだ。国の端は、どこも薄暗い草原で人気《ひとけ》もないと何かの本に書いてあったのを思い出したのだ。それに、ルノアの衣装も黒い質素なワンピースという普段着慣れていないものだ。少し離れて前を歩むカイも今日は少し色の暗いグレイのローブに似た服を着ていた。いつもは淡色系の服が多いのだが。衛兵たちも通常より装備が重々しいようだった。ルノアはこの違いを見つけ、なお不安が大きくなってしまったことを後悔していた。彼女は居心地が悪く、何もない草原を見渡すことで会話のない静寂な雰囲気を取り払おうと努力した。けれど、昼間だというのに、ここは暗過ぎる。国の端はこんなものなのか。宮殿の離れである彼女の部屋でさえ、こんなに暗くなる日はなかった。そして底冷えのする風が吹くようなこともなかった。その原因が何であるか、彼女はやっとその正体らしき物を見つけた。

　ふと遥か前方に目をやった時だった。あれは巨大な壁だろうか？　そう思い良く見るとそれが壁などではなく、巨大な木の群れであると気づいた。果して木と呼んで良いのか分からないくらい高く、てっぺんを確かめることもできなかった。

　あれのせいでここは昼間も暗いのか……そんなことを思いながら彼女は、カイが促すままの道のりを歩いていた。

「カイ？　こんな場所まで来て大丈夫……なんですか？」

　周りに人がいる時は、たとえ相手が妹であっても敬語を遣うよう、母から言いつけられていたことを思い出した。だから何となく言葉が妙なところで途切れてしまったのが分かる。

　しかし、カイの反応が返ってこないので、いつの間に自分の後ろにいた妹の方を振り返った。その瞬間、全てが壊れてしまったことを悟るなどとは考えもしなかった。

ルノアは左腕を貫く痛みと共に、時が静止したような感覚に陥った。身動きできずにいる彼女の横を、金色《こんじき》の髪先が通り過ぎた。

「な、んで？」

ルノアの声は掠れていた。状況を把握できず強張っていたのだ。

「アンタに生きていられると、皆が迷惑なんだって」

冷笑を浮べながらこちらを振り向いた妹の顔は別人のようだった。

切りつけられた傷口から血が滲んできていた。その血の色が自分の夕陽色の髪と馴染んで映った。と、自分の中で更なる異変に驚きが満ちた。自分の髪の色が変化していたのだ。母やカイと変わらない金色であったはずなのに、今はもう血の色と馴染むような夕陽色だ。恐怖と驚きが入り混じった不思議な感覚に捕われ、ルノアはその場に力なく倒れ込んだ。その耳元で、カイの冷やかな笑い声が木霊していた。

「こんな小娘に……しかもフラスの人間に助けてもらうことになろうとはな。……だが、それより気になるのは此奴から感じられた妙な気配だ。先程は感じなかったが……。さて、どうしたものか」

黒竜は大木の袂に倒れたままのルノアを観察するように眺め、迷っていた。彼女から感じられるのは確かにフラスの人間のものだ。しかし、傷口の毒を浄化したあの時から彼女には別のオーラとも言える気配が芽生えようとしていた。

竜は真紅の瞳をゆっくりと閉じた。竜には耳という器官はなかったが代わりとして、ちょうど後頭部のあたりから伸びている鬣《たてがみ》がその役割をなしているという。鬣は他の羽根よりも硬く、周囲の空気の振動を読み取るのに優れている。

き慣れた声がしたのだ。考えらしきものが決まる前に、微かに聞
「クライ、お〜い、クラ〜イ！　どこにいる！」

声の主はどうやら黒竜を探しているようだ。その声を振動から感じつつ、黒竜は小さく呟いた。

「あいつに任せてみるとするか」

この森の主は確かに黒竜である。フラス側からの侵入が皆無に等しいのは、この黒竜の存在が大きいと言っても過言ではない。ルノアが治した尾の傷も、侵入者との戦いで負ったものだ。

けれど、たった一人だけ黒竜と対等な人物がいる。彼は昔、ずっとこの森で暮していたが、最近は二、三日に一度会いに来る程度となっていた。これでも多過ぎる、黒竜は嬉しい反面そう感じていた。今回に限ってはホッとしたのが正直なところでもあった。あいつなら何か分かるかも……などという不確かな勘に似たものを感じたからでもあった。

そして、竜が再び瞳を開けた時だった。ちょうど先程の声の主である少年が到着した。

「クライ、これは一体どういうことだ！　お前ほどのヤツが、フラスの気配が分からなかった訳でもないだろう」

黒竜が説明する間もなく少年は問い詰めた。少年の蒼色の瞳は、黒竜の姿ではなく大木の袂に倒れているルノアを捕えたままだった。

「まぁ、落ち着け。ちょっと気になることがあるんだ」

「……血の匂いのことでも?」

黒竜はてっきり少年が冷静さを欠いているとばかり思っていた。しかし、少年は意外にも注意深くルノアを観察していた。クライの意図とは少し違うのだが、少年もルノアに違和感を持ち始めていた。

「それもある。だが、私が言いたいのは他のことだ」

「……?」

クライはハッキリとは告げなかった。それが余計気になり、少年は首をかしげた。

「口で説明するよりも、自分で感じたほうが早いだろう。私は疲れているから、後はお前に任せる」

そう言うなり黒竜は、背に隠れてあった翼を広げた。同時に尾を勢い良く前足に向け、振り寄せた。その風圧を防ぐように少年は右手を目の前に持ってきた。そのすきをつくかのように黒竜は飛び去った。

「オイ！　ちょっと」

少年が呼び止める暇もなく、黒竜の姿はあっと言う間に見えなくなってしまった。

「ったく、しょうがないヤツだな！」

一瞬見えたクライの尾にあった傷跡が気にかかった。しかし、あれからは毒の香りと呼べる臭気はなかったので、少年はクライを追うことは踏み留まったのだ。

少年は仕方なく、少女が目を醒すまで待つことにした。

『時と空間を司りし者の名の下に、彼の者との契約を結べ』

いつの頃からかその言葉があった。誰かに教わった訳でも本に書かれてあった文章でもなかった。

その言葉に呼び起こされるようにして、少女は目を醒した。夢から醒た時、特有のボーッとした感覚は残っていたが視界は明確だった。

「ここは……」

ルノアは意識を失う前のことを記憶していたにもかかわらず、気づいたらそう小さく呟いていた。

森の中だった。ここで竜と出会った。物語の中の架空の生き物だと思っていた存在に。しかし、眩いばかりの白ではなく森を包む暗闇より深い漆黒だった。

ルノアは竜のことを思いそしてハッとして起き上がった。

注意深く辺りを見回し、視線を自分へと向けた。あの竜の姿はどこにもなかった。彼女を殺すと言っていたのに、自分の身体は何の変わりもなかった。安堵の思いが混じったため息をついた、その時だった。

彼女は思わず後ろを振り返った。その先には誰もいない。けれど冷たく凍りつくような気配が全身に伝わってきていた。それは自分を襲ってきた衛兵たちの気配に似ていた。ルノアは半歩後ずさった。

「気がついたのなら、聞きたいことがあるんだが」

「！　誰？」

ルノアが初めて聞く声だった。目を凝らして声のする方を見つめたが、誰の姿もなかった。

「質問しているのは、こちらの方だ。勝手な言動は慎しんでもらおうか」

ルノアはハッと息をのんだ。声の主はまるで闇の隙から出てきたかのように、音もなく現れた。その者の姿にルノアは思わず見とれていた。

自分を襲ってきた衛兵たちや黒竜のような威圧感がこの少年から放たれていた。それでも、ルノアは彼に恐怖とは別の何かを感じていた。自分とさほど年の変わらない少年は、白銀の長い髪に吸い込まれそうな深く蒼い瞳を備えていた。その整った容姿からは先程の威圧的な声は想像できないほどだった。

「この森に何の用だ？」

短いような長いような妙な静寂の間を破ったのは少年の方だった。

「……分かりません。ただ気づいた時にはここにいて……」

「ここがディネスの領域だということも知らないとでも。嘘をついても無駄だ！」

「嘘では……」

責めるような少年の声にルノアは更に萎縮してしまった。

そう、私はいつもこうだった。何も言い返すことができない。何かを訴えて、嫌われてしまうのが怖いから。いつの間にか自分を押さえるのに慣れすぎて、感情そのものが薄れてきていたのかもしれない。

けれど、いくら考えても本当に『ディネス』という名に聞き覚えはなかった。

「まぁ、良い。ではその腕の傷はどう説明する？　それに貴様からは多くの人の血の臭気がする。まさか、それすら無意識で行った訳ではないだろう？」

ルノアは痛む傷口を思わず右手で押えた。しびれ始めた左腕に再び刺激が走った。その痛覚をかみしめながら彼女は震えていた。

「……これは、私が……」

雨がその血を洗い流してくれたと思っていた。あの衛兵たちの血を。

少年の鋭い視線は、反らされることなくルノアを捕えていた。

「これは、私が悪いんです」

自分が発した言葉は本当に言い訳にしか聞こえないとルノアは思った。

「それは、誰に対しての言い訳だ？」

少年の声がまるで、もう一人の自分からの問いのように聞こえた。

「私の行いに対して」

ルノアは小さく呟いていた。その瞳はかすかに潤れている。その様子を少年は黙って見つめていた。それは決して同情ではなく、むしろ侮蔑の意が込められていた。

「で？　貴様はそんな演技までして侵入したというのに何もできないことを悔いているのか？」

思いもよらなかった言葉がルノアに向けられた。

……演技？　これのどこが演技だと言うのか。呆気にとられ何も言えない彼女に、少年はため息混じりに続けた。

「知らないのか？　内乱や仲間割れを装ってこの森に逃げてきた……という口実でフラスから侵入してくる者が多いんだ、最近。ディネスの人間を信じさせるために、本当に殺し合いの果てに侵入すると聞いている」

「確かに私は人を殺しました。多くの人たちを。でも！　演技でやった訳ではないわ」

振り絞るようにしてルノアは声を押し出していた。しかし、それすらも少年には演技だと感じられた。

「いくら貴様が演技に徹したところで、無駄なことだ。いい加減、本性を見せたらどうだ？　どのみち、この森に足を踏み入れた時点で貴様は死ぬことに決まっていたんだ」

「どうして……」

どうして、とルノアはもう一度心の中で呟いた。どうして信じてはくれないの？　どうしたら信じてもらえるの？　と堂々巡りともいえる考えを彼女は繰り返した。そして、はたと答えに辿り着いた。無駄なのだと。

その答えに行き着いた時、彼女は後ろの大木にもたれかかるように身を任せた。

「……構いません。私はそのためにここに来たような気がするから。私はきっと生きていてはいけない人間なんです。だから、私を……殺して下さい」

無駄なことだと彼女は思っていた。今更、誰かの信頼を得られたとしても何の意味も成さないことだ。

「ならば、今すぐこの森を去れ」

意外な言葉だった。

「どうして？　貴方は私を殺したいのではないの？」

ルノアの問いに答える代わりに、少年は剣を取り出した。短く装飾もなされていない剣で、刃にはわずかながら欠けている部分があった。その剣にルノアは見覚えがあった。

「これは貴様の剣か？」

ルノアは黙って頷いた。少年は、ここに来る途中で拾ってきたと説明し、その剣をルノアに手渡した。彼女は短剣の欠けた刃を見つめ、右手で力いっぱい握りしめた。

「森の外へ案内してやる。死にたいのなら森から出て死ぬんだな」

静かな声だった。いつの間にか降り止んでいた雨が再び落ち始め、それと合わせるかのように少年はルノアに背を向けた。

「自分で死ねるものなら……」

手渡されたばかりの短剣を首筋にあて、ルノアはそのまま掻き切った。

「何をするッ‼　この森で死ぬなと」

少年は慌てて止めに入ろうとしたが一歩遅かった。瞬間的にその場は鮮血で艶やかな緋色に染まった。

「ちっ！　夢見が悪いな……」

少年は悪態をつきながら少女へと近づこうとした。と、その時、彼女は何事もなかったかのように起き上がった。

「‼……どういうことだ⁉」

一瞬、少年は悲鳴に似た声を上げ歩みを止めた。

「私は……自分では死はおろか、傷一つ付けることができないのです。何度、こうしても……」

少女は再び剣を拾い上げ、今度は刃先を心臓へと向けた。

「止めろ!!」

思いがけなかった少年の声に、ルノアは短剣を手落とした。すぐに拾い直そうとしたが少年に先を越されてしまう。

「何故?」

少年とルノアの声が重なった。少年は短剣を自分の後方遠くに投げ捨て、再びルノアに向き直った。

見ると彼女の首の傷は早くも癒され始めていた。少年は息を整え、続きを話し始めた。

「何故、そこまでして死のうとする。お前たちフラスの人間は、人の命などなんとも思っていないはずだろう?　なのに何故、この程度のことで自らの死を望む!　どうして、死なないと分かっていながら痛みを与え続ける?」

少年の真っすぐな視線から逃れるようにしてルノアはうつむいて答えた。

「私は生きていては、いけない存在だから……」

――お前はこの国の災いだ

衛兵の一人であろう人物のセリフが脳裏に蘇った。

――あんたは、ただの身代わり！　私が成冠して自分の身を守れるまでのね

……

冷ややかな妹の言葉もそれに続いた。

知りたくなかった現実であった。自分の存在はいらないのだという宣告も、この剣を手にした自分の行動も。

けれど、剣を取り相手の存在を奪ってしまったという現実が全ての答えではないか……彼女はそう思い始めていた。

「生きていてはいけない人間なんて、いるはずないだろう？　そうは思わないのか？」

彼の答えにルノアは顔を上げ、目があった。それが何となく気まずく視線を背けた。

「貴方の言っていることは、私には分かりません。……貴方だって、私を殺そうと思ったのでしょう。私が災いを招くから。それは間違いではないわ。だから、早く私を殺して！」

「俺が……個人的に憎んでいるのは一人だけだ。それに、災いを招く人間なんていやしない。災いを招くのは、そう信じ込んでいるヤツの方だ」

そう言い切った彼の声からは、最初のような冷たさも威圧感も感じられなかった。ルノアは何と答えて良いか分からずに、二人の間には沈黙が訪れた。

強まってきた雨を避けるため、少年は大木の下へ移動しようとした。そうして、不服そうな顔をしながらも、ルノアにも来るようにと彼は視線で促した。

「貴方には、分からないわ。あの時、あの場にいなかった貴方には」

木の袂に座りながらルノアは呟いた。少年はルノアを見るでもなく、ただ黙って雨の降る様子を眺めていた。妙な間が空いて、そしてやっと彼が答えた。

「分からないさ。たとえ、俺がその場に居合わせたとしても分からない。誰かの命令通りに自ら死のうと考えるヤツの気持ちなんて」

「違う！　私は本当に災いを招いてしまう存在だと思ったから。また誰かを殺してしまう前に……」

「ふざけるな！」

ルノアの声を遮って少年は叫んだ。ルノアは訳も分からず、思わず少年を見ていた。

「さっきも言ったはずだ。災いを招く人間はいないと。招いているのは人の心だと。大体、争いの絶えない世界だ。ある程度の犠牲は仕方ないだろう。特にフラスはこの国を打ち倒すためには手段を選んでいないから」

彼にとっては文字通り、何でもないことだった。けれど、彼女にとっては初めて聞くことであり、信じたくないことでもあった。

「そんなの嘘よ」

そう力なく答えることしかルノアにはできなかった。

「私は、人を殺してしまうような人間だから……だから災いなのでしょう？　だから貴方も殺そうと思ったのでしょう？」

すがるような思いで少年に答えを求めた。しかし、少年は首を横に振った。

「俺は、お前がフラスの人間だから殺そうとしただけだ」

最初から気になっていたことだった。黒竜も彼女を見て、フラスの人間と呼んでいた。憎しみと怒りを込めた声で。

「フラスの人間ってどういう意味なのですか？　それにディネスって……」

「本気で言っているのか!?」

少年の声も、その表情も驚きで満ちていた。その反応にルノアも戸惑いを隠せずにいた。

「フラスもディネスも国の名だ。互いが敵対していて……けれど何故……」

彼は最後まで言うことはしなかった。それが、当惑しているためかルノアを気遣ってのことかは分からない。一呼吸の間を置き、ルノアは今までのことを話し始めた。

「私は、宮殿の離れにある部屋からほとんど出たことはないんです」

何故、そんなところから話し始めてしまったのか、彼女自身にもよく分からなかった。ただそうすることが正しいように感じていた。

部屋から出ることが許されず、毎日ただ本を読むだけだった。部屋から出してもらえても衛兵の見張り付き。国のことや決まりごと、魔法や武術などは一切学ぶ必要のないものだと教えられてきていた。

そして、今日この日に訳も分からないまま外に連れてこられ、殺されかけた。けれど、無我夢中で手に取った短剣で……その場にいた人たちを殺めてしまった。

長い長い出来事だと思っていた。なのに、言葉にしてしまうと、これ程短くまとめられることにルノアは複雑な気持ちだった。何より、人を殺めた事実すら認められてもなお、受け入れられない事実を再度、ルノアは思い知った。妹と母のことだった。ルノアは未だそれだけは信じたくなかったのだ。

「成冠式を受ければ、国を治めるために必要なことは全て与えられる……そう言った母の言葉を信じていました」

同時に、少年が勢いよく立ち上がり、恐しい形相でルノアを見下ろした。

「お前の名は?」

あまりに急な質問だった。ルノアは掠れた声で答えた。

「ル、ルノア・フラス」

その答えに何の意味があるのか彼女は知らなかった。しかし、彼女の目の前に突きつけられた剣が全てを物語ってくれそうだ。

「俺が憎んでいるのは一人だけだと言ったよな?」

少年は、ルノアが手にしていた剣をはるかに凌ぐ長さの剣を彼女に向けたまま言った。

「それは、フラスの后。つまりお前の母だ」

ルノアは知っていた。この冷たい声の奥に秘められた感情が、深い憎しみであり、そして誰にも押さえることができないものだと。

「それは、后の娘である私にも同じ感情があるということですね？」

彼女の心の中は、ひどく穏やかだった。まるで恐怖という感情をなくしたかのように。

「そう。お前の望み通りの死をくれてやるという意味だ。さぁ、目を閉じな！」

ルノアは立ち上がり、言われるままに目を軽く閉じた。

──ハッピー・バースデー

どこからともなく記憶の中に眠る声が響いてきた。

そして、目の前を風が吹き抜けたような感覚を覚えた。

──さようなら、ルノア

記憶の中の、その人物はもはや振り返ることはなかった。

黙示録を読んでいた人物は、間の文章をとばして最終章のページをめくった。この黙示録のメインにあたる文章であったが、その内容はわずかしかなかった。『世界の均衡、崩れし時が訪れる。世界の中に存在する時と空間を司りし方は、時を定め仲介者を送る。その者は、光にも闇にも属すことなくただ時と空間を司りし方の代弁者・使者である。仲介者は空間を再生し、時を新たに動かす執行者。契約者との交約を交わし、その者が望む世界を新たに構築する。現世界の空間、時、その全てを破壊し新たな世界への再生の時となる』

ほとんどの人が知っているのがここを詩にした部分だけだった。しかし、誰もがこの不確かな文章を信じていなかった。

なぜなら、仲介者そのものが存在しえないと考えられていたからだ。世界に属する者は光と闇のどちらかの領地で生まれる。その時点でどちらかに属性が決まっているのであり、そのどちらにも属さないというのは不可能なのだ。又、世界の均衡が崩れし時、という言葉もあやふやだ。それに時と空間を司りし方は、象徴的な存在で実態などないというのが定説で通っていた。

今、黙示録を手にしている人物もあの出会いがなければ、ただの伝説として知っているだけだっただろう。他の人々と同じように、文章の最後にある言葉に望みや願いを託すだけだった。自分が望む世界に創り変えられる……そうとれる「再生」という言葉に。だから、短い詩《うた》だけが長い時を人づてに伝え残されてきたのだ。

けれど、とこの者は思っていた。黙示録にはこの先に続きがあるのだ。国を統治している者にしか読むことが許されないため封印されている箇所だ。そのページには、封印を解くことが許された者の名が示されていた。「シクライド」と。その文字をこの者はゆっくりと指先でなぞった。

「……、良いぜ。もう目を開けても」

ルノアは少年の言葉に反応するように、咄嗟的に目を開けた。

「……」

けれどそこはただの暗闇だった。自分が本当に目を開いているのか不安になり、ルノアは二、三度まばたきをした。それでも何の変化もない。意識を集中していないと、その深い闇に吸い込まれそうにさえなった。

「そろそろだな」

「えっ？　……あっ」

隣にいるらしい少年の言葉に、ルノアが疑問を投げかけようとした時だった。暗闇の深さを強調するかのように、無数とも言える小さな灯火が一瞬のうちに浮び上がった。けれど、ルノアや少年がいる場所は依然と闇に包まれたままだった。まるで、ここだけが別次元のようにルノアには感じられた。

そして、灯火によって照らしだされた空間には、徐々に街の様子が現れてきた。闇に閉ざされたままのこちら側に最も近い所に、大きな建物が最後に現れた。

その光景をいつまでも眺めていたいという願望が脳裏をかすめ、灯火と闇の調和が生み出した幻想の世界に浸っていたいとルノアは思っていた。

「美しいと思わないか？　俺はこのディネスでここが一番好きなんだ。ここは唯一、国全体が見渡せる場所でもあるから」

少年の声にルノアは幻想世界から呼び戻され、自分を先程まで襲っていた恐怖感が和らいでいることに気づいた。彼女がいる場所も灯火の影響でようやく周りを確認できる程度になってきていた。

そこは今までの森の中ではなく、高い崖の上だった。ゴツゴツとした地の断面があるだけの殺風景な所だ。

横を見ると、少年がすぐ側に立っていた。

「ここは？」

他に聞きたいことは、いくらでもあった。どうして、わずかな時間でこんな崖の上に来ることができたの？　とか、どうして私にこの景色を見せるの？

とか……。けれど、最初に彼女の口を突いて出た言葉はそれだった。

「本当に、何も知らないんだな」

少年はこちらを振り向くこともなく呟いた。彼の答えにも、他に色々な意味が含まれているように思えた。

「フラスの人間がクライがいると分かっているこの森に、危険を承知で侵入してくるのは、ここがあるからだ。ここから見渡せば国の構造が一目瞭然だからな」

眼下に広がる景色を見下ろしたまま少年は言葉をつないだ。

「お前をここへ連れてきたのは、全てのことを明らかにするためでもあった」

そうして少年はルノアに目を向け「なるほど」と小さく呟いた。彼女の周りには、不思議な気配が漂っていた。黒竜が言っていたことに少年はようやく答えを見出したのだ。彼女を包んでいるのは、フラスの気配でもディネスの気配でもなかった。

何か言いたそうにこちらを向いているルノアに少年は言った。

「あの森でクライ……いや、黒竜に会っただろう?」

その問いに、ルノアは首を縦に振った。

同時に改めて竜の姿を思い出していた。黒という色があそこまで綺麗に思えたのは初めてのことだった。鳥のような翼を背中に収め、鋭い足先の鉤爪は全身を覆っている羽根によって隠されていた。その姿は、今も鮮烈に彼女の脳裏に焼き付いていた。

「アイツが言っていた。お前からは何か感じるものがあると。それを今、俺も感じたんだ。それに……」

「それに?」

ルノアは少年の言葉を反復した。彼は心なし微笑して口を開いた。

「それに、お前が話したことが全部本当のことだと分かった。だから、俺がお前を殺す理由は何もないんだ」

そう言った彼の横顔は、少し幼く見えた。

「けれど、私は貴方が唯一、憎んでいる人の娘なのでしょう？」

彼女のその言葉に、少年は真剣な顔になり近くにあった岩に腰掛けるよう促した。

「確かに、お前が后の娘ならそうなる。だがそれでも、お前を憎む理由にはならない」

どうして？　と聞き返そうとする彼女を遮るようにして彼は続けた。

「このディネスには、フラスのような血縁意識は存在していないんだ。だから言っただろ？　俺が個人的に憎んでいるのは一人だけだと。……それにしても、何故そこまで后は自分の後継者でもある娘を殺そうとするんだ？　娘を殺せば次を担う者もいなくなり、国が滅びてしまうというのに」

少年はちらっと彼女の顔色を窺った。少年の瞳の色はより深みを増し、ルノアに答えを求めていた。彼女は少しだけ迷い、口を開いた。

「母の本当の後継者はカイ……私の妹だけだと言っていました。姉である私は彼女が成冠式を迎えるまでの代わりで……だからカイがその日を迎えた今、私は邪魔な存在なのだと」

――私は昨日、成冠式を受けたの。この意味、分かるでしょう？

含みのある笑みを、侮蔑と共に投げかけていたカイの顔が浮かんでいた。

「まさか、そんなはずはない!! フラスの后に後継者が二人も存在した例はない」

「それが災いを招く者の証……ということなのでしょう？」

少年の驚きに満ちた声に反してルノアの声はひどく冷めていた。彼女はあえて〈災いを招く者〉という言葉を使った。カイが言っていた同じ〈災い〉という言葉を。

――災いを招く雪なんて、あなたが生まれるまで一度も降ったことはなかった。だから、あなたはフラスにとって災いなのよ！

頭の中でカイの冷やかな言葉を再生しながら、ルノアは瞳をふせた。

少年は悲しみに似た表情を浮かべたルノアを見つめ、ふとある書物を思い出していた。その書物は、ディネスだけでなくフラスのことについても詳細に記載されてある。そこに〈ルノア〉という名を目にしたことがあったのだ。それが、幻とも言われる『降雪の期《スノー・ルノア》』のことであり、別名が災いを呼ぶ年とされていたことに少年は行き着いた。

多分、災いとは寒波に伴う生活難をさした迷信的なものだろう。又、このスノー・ルノアはフラスでは白い魔物という扱いがなされ、国に伝わる物語にも白い竜に例えられ登場していた。それ故に、フラスでは白一色は黒よりも嫌われていた。

伝説や迷信に固執し過ぎている。その割には、黙示録は否定していた……矛盾している、と少年は感じていた。

そんなことを思い出しているうちに、少年にある疑問が浮かんできた。

「そう言えば、お前は自分でこの森に入ったのか？」

考えてみれば妙な話だった。襲ってきた者たちから逃げてきたのなら、この森に追い込まれたとも思える。しかし、彼女は彼らを殺めたと言っていた。それならば何故、この森に入る必要があるのか？　偶然だったのか、そう考えていた時に彼女は答えた。

「一人だけ……生きていたんです」

ルノアの視線は自分の両手に移っていた。その両手はカタカタと震えていた。幾人もの亡骸を前に、ルノアは一人立ち尽くしていた。目を背けたくなる光景に、彼女は再び戻っていたのだ。

ルノアの手には、血に濡れた短剣が握りしめられていた。

ルノアは自分が傍観者としてこの光景を見ているのだと、やっと気づいた。

一人立ち尽くしている自分は、後ろ姿だった。

――きっと私は無表情でここにいた

その後ろ姿はまるで、命のない石像のようだから、とルノアは思った。

けれど、そこに立ち残っていたのはルノアだけではなかった。

その者は、よろめきながらも立ち上がり、ルノアの様子を覗っていた。そのことに、彼女は未だ気づいていなかった。

そして、ルノアがようやく物音に気づき振り返り、衛兵と視線が交差して……わずかな間の後、先に動いたのは衛兵だった。傷ついた腕を必死で持ち上げ、ルノアにかざした。

と、次の瞬間。衝撃波のような見えない風圧がルノアを襲い、瞬時に宙へと投げ出されていた。

「その人が私を風で、ここに飛ばしたんです」

ルノアの声は今にも消え入りそうだった。言葉足らずの彼女のセリフを、少年は重く受け取った。

彼女が話した相手はただの衛兵ではない。一介の衛兵が魔法を操ることはできないからだ。たかが十歳程度の子供に仕向けるのは馬鹿げた話だと少年は思ったのだ。

しかし、それは同時にルノアの持つ力が未知であることも示していた。魔法を操る者がいたのならば、どんなに武器が強力であっても勝つのは難しい。しかもルノアが持っていたのはただの短剣だ。少年が森で拾った時にも、別段変わった力は感じられなかった。

「では、剣は？　あれは元からお前の物だったのか？」

「いいえ、あれは……妹の物です」

その答えに少年は「そうか」と呟いたが、ルノアの耳には届いてはいなかった。

彼女の命を救い、代わりに多くの者の命を奪った短剣はカイが持っていたものだった。カイがルノアに切りつけた後、まるで汚れた物でも扱かったかのように投げ捨てていった物だった。

ルノアは再びその時のことを思い出し、カイに切られた左腕を押さえていた。今はもう、しびれて痛覚は働いていない。

「お前、俺と来る気はないか?」

少年は唐突に誘いの言葉を発した。ルノアは声も出ず驚くばかりだった。

「何を言っているのですか? 私の話、聞いたでしょう。私は」

「災いを招く、か? そうやって逃げ続けてきたんだな、ずっと。そうして、最後は生きることも諦めるつもりか?」

ルノアの言葉を途中でつなぐ形で少年の声が続いた。彼のその言葉はルノアの心に深く突き刺さった。

どんなに強く思い、願ったところで、ルノアの望みが聞き入れられることはなかった。彼女はいつしか、何かを望むという気持ちを最初から捨てる努力をするようになっていた。それは、少年が言ったように〝逃げ〟でしかない。

「それでも私は、こういう風にしか生きられませんから」

肯定でも否定でもない答えをルノアは呟いた。諦めることが当たり前になり過ぎて、別の言葉が見つからなかったのだ。

「違う！」

今までにない大きな声で、少年はルノアの答えを否定した。その声にルノアは何かに弾かれたかのように目を見開いていた。

「お前は怖いんだ。何かを求め拒まれることが、誰かを信じて裏切られることが。そして誰かを傷つけてしまうことが！　けど、逃げ続けても何も変わらないし、何も見えてこない。そうは思わないのか？」

少年は真剣だった。その強く揺ぎない瞳をルノアは羨しく感じていた。彼には自分に許されなかった光が宿っているように思えたからだった。

そして、少年は座っていた岩から飛び降り、崖の向こうに広がっている灯りに背を向け、続けた。

「お前が決めろ。このまま生きることを諦め、フラスへ戻るか、俺と来て生きることを望むかを」

　少年の眼差しは真っすぐで、ルノアは思わず視線を背けた。

「私には、貴方のように生きることなんて……」

「本気で望むなら、必ず叶う！　逃げることよりずっと難しくて苦しいけど、諦めなければ必ず叶う！」

　弱気なルノアの声を補うように少年は言った。その声に促されて彼女は顔を上げた。

　本当に良いのか？　そんな想いで目の前にいる銀髪の少年を見据えた。少年の顔は、その真に迫った声とは裏腹に無邪気だった。

「良いの、かな？　……こんな私でも、貴方のように生きたいと……願っても……」

　知らない間にルノアの頬には涙が伝っていた。そして、今まで押し込んでいた感情が一気に溢れ出した。

「そんなの当たり前だろ」

少年はそう言い、笑いながらルノアを軽く抱きしめた。いつもの彼女なら大いに戸惑ってしまうところだが、この時は、そのまま身体を委ねていた。

正直、泣いている顔を見られたくない……彼女はそう思っていた。人の温もりが、こんなにも温かなものだということを初めて知った時だった。

――ハッピー・バースデー
カイから贈られた冷たい言葉は、この瞬間消え去っていた。

「改めて言おう。俺の名はシクライド・ディネスという。ここにクライ以外を連れてきたのはお前が初めてだ」

そう言いながら少年は照れた様子でルノアに手を差し伸ばした。

断る理由はなかった。

そして、何かを見つけた気がした。だから、彼から差し伸べられた手を、素直に取った。今まで何も知らなかったのだ。世界のことや自分の国のこと、そして自分のことさえも。

『時と空間を司りし者の名の下に、彼の者との契約を結べ』

シクライドの手を取った瞬間だった。ルノアは自分に課せられた運命の断片を垣間見た。他でもない、彼女自身の内に眠っていた言葉によって。

『時と空間を司りし者の名の下に、汝との契約をここに……』

ずっと、頭の中を呼応していた言葉が口をついて出た。彼女の意志などないに等しかった。誰かに身体を操られているように、ルノアは見えない力によってシクライドの前に跪いていた。そしてルノアは焦点の合わない瞳で彼を見上げた。

『御方との契約を我が国の名を以って……ここに受け入れる』

わずかに躊躇し、返答の言葉を口にした彼の顔は困惑に満ちていた。

身体の感覚が元に戻ったルノアは、無意識に立ち上がった。何が自分に起こったのか理解できず、しばらくの間ただ何もない宙を凝視していた。

「まさか、俺自身が仲介者と巡り合うことになるとは思わなかった。俺が……」

そう呟くシクライドの声の断片がルノアの耳に届き、彼女はようやく彼に視線を向けた。少し遅れてシクライドも彼女の方に振り返った。どこか気まずい沈黙が二人を包み、それを破ったのはルノアだった。

「あの、今のは……」

「気にするな。それより、そろそろ行こうか？」

何事もなかったようにシクライドは笑ってみせた。けれど、何も聞くな、そう言っているようにもルノアは感じていた。さり気なく差し出されていた手を取るべきか迷っていると、

「俺と来るって言ったよな？」

そう言ってシクライドはルノアの顔を覗き込んできた。返事の代わりにルノ

アは黙って頷いた。

「じゃ、決まりだな」

「えっ!?」

言うが早いか、彼はルノアの手を取ると崖を目がけて走り出した。そして、迷うことなくその淵から飛び降りた。

落ちる!!　ルノアは心の中で叫び、彼の腕にしがみついた。それと同時にヒヤッとする感じと強い風を切る感覚を覚えた。咄嗟に目を閉じていたため、今どこまで落下しているのかも分からなかった。

しかし、加速に伴ってその強さを増していた風が突然消えた。

「そんなに硬くならなくても、落ちないから安心して」

シクライドの優しい声に諭されるようにして、ルノアはゆっくりと目を開いた。そのまま彼女はシクライドの腕をより強く掴んでいた。落下速度は緩やかになっていたものの、二人の身体は宙にあった。

「大丈夫、二人分の浮遊力は俺でも保てるから。それより、大きな建物が見えるだろう？　森に降りたら、あそこを目指して歩いて行くことになるんだ」

一瞬、自分の身体が浮かんでいることに驚いたルノアだが、地上と変わらない安定感があると認識し、ようやく息をつくことができた。そして、シクライドが指差している建物を見た。それは、灯りが一番最後にともった建物だった。ルノアは街にともった灯りより数段明るくライトアップされたその建物を、元いた宮殿に似ているなと思いながら眺めていた。

徐々に灯りや建物の高さか自分の視線に近くなり、ふとルノアは後ろが気になり振り返った。そして思わず感嘆の声を漏らしていた。崖かと思っていた所は、実はてっぺんも見えないくらいの巨木の中腹にある窪みだったのだ。ルノアの視界の端にかすかにその窪みが映っていた。

「……私をあそこに連れて行ったのは、どうしてだったんですか？」

彼女は改めてその質問を口にした。一度目は、話をはぐらかされてしまったからだ。

「どうして、あそこに行けば全てが明らかになるんですか?」

「あの巨木は人を選ぶんだ」

そっと降り立った森の中を歩み始め、やっとシクライドが答えた。

「偽りのない心と闇に呑み込まれない精神力がなければ、あの景色を眺めることは許されない」

その言葉を聞いて、ルノアはあの吸い込まれそうな闇を思い出した。あれは、彼女を試していたのだ。

「それに、クライを助けてくれたお礼」

シクライドのその声は、バサッという音によってかき消されてルノアには届かなかった。見ると彼はどこから取り出したのか、漆黒の大きな布を持っていた。それを手慣れた手つきで全身を覆っているところだった。

街からの灯火もこの森に届かないらしく、相変わらず二人の周りは薄暗い。

その暗さはちょうどルノアが着ているワンピースの黒色に近かった。しかし、彼が今着ようとしている布はさらに深く、巨木を最初包んでいた闇の色に似ていた。

「それは？」

ルノアは思わず尋ねていた。

「あぁ、もうすぐ森の出口だからな」

森の出口と布をかぶるのと何の関係があるのか、ルノアには理解できなかったが聞き返す前に森の出口へと到着していた。一歩その森を抜けただけで、パッと穏やかな光が目に差し込んできた。すぐそこに、空中で眺めていたあの大きな建物が見えていた。

近くにある机の上に置いていた灯りがわずかに揺らめいた。灯りの源は光石《こうせき》と呼ばれる発色する石である。光石は現在、この国で唯一の灯りだった。

今手にしている黙示録には光石のことは一文字も記載されてはいない。それは、光石が確認される前に黙示録が書かれ、修正されることもなくこの書物室に放置されていたことを意味していた。

もう一度、黙示録に目を落とそうとしてその手を止めた。視界の端で先程から光石の灯りが揺れているのが気になったのだ。本を閉じ、後ろを振り返ろうとした時、聞き慣れた声に呼びかけられた。

「リミティス、ここにいたのか？」

「ええ。もう一度、黙示録を読んでおこうと思って」

彼女は振り返ることを止めて再び本の最後のページを開いた。振り返らなくても彼女には銀髪に蒼色の瞳をした人物が後ろで本棚にもたれかかっている姿が想像できていた。

「このページ、開いてもらえませんか？」

後ろ姿のまま彼女は頼んだ。その長く伸びた夕陽色の髪は、光石の灯りによく似ていると彼は思った。少し迷い、彼はそっと後ろから黙示録の最終章の扉に触れた。

風もないのに、そのページがゆっくりとめくられていくのを静かに見つめていた。

「ありがとう」

こちらを見ぬままに彼女は小さく感謝の言葉を呟いた。そして、また互いの間に沈黙が訪れた。自分が辿る運命が書かれている黙示録の最終章を静かに読み始めたリミティスの様子を見つめ、彼はある雪の日を思い起こしていた。

シクライドに親はいない。けれどディネスでは、それが当たり前のことだった。この国では人は空間にできる歪みから生まれるのが通例のこととなっていた。気づいた時には知らない子供が誕生しているのだ。

親がいて初めて子供が生まれるというフラスにとっては、この生態が異様に映ったのだろう。太陽の光の有無よりも、この実態に嫌悪感を抱いている節があった。

　そんな中においても彼は特別と言える。シクライドの場合、育ててもらった相手が竜だったからだ。極たまに、竜の側に生まれる者もいるらしいが無事に成長した例は珍しい。だからかもしれない。シクライドは雪が降ったあの日、思っていた。もう誰かを、何かを失う気持ちを体験する人は最後にしてみせる、と。

　遥か昔、彼が生まれる前のことだという。ディネスには、普通に雪が降っていたらしい。それはこの国にとっての光だった。白く冷たい雪は、太陽のような明かりにはなり得ない。けれど、昔は少なからず全くの暗闇に国が存在していたわけではなかったのだ。

「それを奪ったのが、他ならぬフラスだ」

「雪を見たこと、ある?」そう何気なく聞いたシクライドに黒竜は静かに教えてくれた。

「雪を与えていたのは光竜という竜だ。今はその存在を知る者は、ほとんどいないだろうが」

気のせいだろうか、シクライドには黒竜の瞳の色がより紅く悲しげに見えていた。けれど、それは気のせいなどではなかったとすぐに分かった。

その事実が、シクライドがフラスの后を憎んでいる理由だと言える。

光竜という存在を知らなかったのは、何も彼が幼かったからではない。国をこの時、統治していた上層部でさえ知らぬことだと、黒竜は言っていた。

「フラスの連中は、ディネスに光がないのは大罪を犯しているためだと蔑んでいる。だが、その事実上の口実を作るためだけに、国から光を……あいつを奪ったのは、フラスの后だ！」

傍らに立っているだけで、心なしかクライの早まった脈動を大気の振動として感じ取ることができた。

ここまで感情を表立てている黒竜の姿を見たのは、この時が初めてだった。

「クライは光竜と親しかったのか？」

かなり前のことだったが、森には黒竜・クライジアス以外にも竜が住んでいるのだと聞いたことがあった。しかし、光竜という名を聞いたのはこの時限りだった。

「さぁ、どうだったかな。だが、いなくなって初めて気づくもんだ。いかに大切な存在だったかということに」

誰かを失ってしまうことの切なさを、黒竜は知っていた。

「あいつは言っていた。自分がいなくなっても必ず光は降る、と。そして……」

黒竜は、今なお降り止まない雪を見上げて続けた。

「光は……降った」

「クライ、泣いているのか？」

こぼれ落ちた涙を隠すこともせず、ただ感情のままに時間を振り返っている、シクライドにはそう思えた。

　黒竜が過ごしてきた時間は、普通の人間から見れば果てしなく長い。そんなクライですら、国の節目に居合わせたのは初めてのことだという。それは何百年という年月の間、一つの組織ともいえる上層部が国を統治してきたことを示していた。上層部に選ばれた者は、己の力がピークを迎えた年齢以降は老いることはないのだから。

「光竜がいなくなって、この国に雪は降らなくなった。だが上層部の交代も二度とないと言われた雪がこうして降った。終わりと始まりを告げる雪として」

「終わりと始まりを告げる……雪？」

　思わずもらした素朴な疑問に、クライは少し笑って答えた。

「上層部が交代することで、国の雰囲気そのものが変わっていくんだ。だから時代の終わりと始まりの時であると雪が告げている。他の雪と違ってわずかに銀を帯びるんだ。お前の髪のように」

そう言われてシクライドは咄嗟に自分の髪と雪を見比べたが、よく分からなかった。その様子を見て黒竜はまた笑った。

「人には分からない程度だ。私もお前が側にいなかったら、気づかなかっただろう」

「ふーん」

自分には分からないことが面白くなく、少し拗ねて言い、シクライドはそっぽを向いた。

「じきに分かるさ。この雪の意味がな」

傍らにいる少年を包んでいる、ぼんやりとした光が黒竜には見えていた。本人には気づかない程度の光ではあったが……。次の上層部を担う器として認められた者の証だ。

そんなことは知る由もなかった。シクライドはクライに含みのある言い方をされ、判然としない気分で雪が降り止むのを待ち、大木の根元で時間をつぶしていた。上を見上げてみると、木々の葉はほんのりと白く色づき始めていた。初めての雪の光をシクライドは静かに眺めていただけだった。

クライはその間、ただ、雪を懐かしむように眺めていたのを今も覚えている。冷たいはずの雪が暖かく記憶に残っていたのは、クライのせいだろう。

クライと光竜との間に、どんな時間が流れたのかは知らない。黒竜からそれ以上のことを聞くのははばかられたし、あえて聞こうとも思わなかった。

「できることなら……」

長い沈黙を破って、クライが重たい口を開いた。

「失う悲しみは、あれで最後にして欲しいものだ」

そう言って、また雪を振り仰いだ。

少年は自分が上層部に選ばれたことなど、思ってもいなかった。クライも意味があって言ったわけではないだろう。けれど、彼自身も失うことの悲しみを、黒竜を通じて感じた気がしていた。

「そうだな」

何となく、そう答えていた。

止めどなく降り積もっていく雪は、光をもたらすと同時に新たな刻《とき》の始まりを告げていた。


あの時、俺は誓ったんだ。誰に対しての誓いでもなく、自分の信念として……誓ったんだ。強いて言うのなら、ずっと見守り育ててくれたクライに対しての約束のようなものだ。

この国の上層部、しかも他の七名を束ねる第一地位者として選ばれた時の誓いをシクライドは思い浮かべていた。

もし黙示録にある伝説が動き始めるようなことがあるなら。もしそれで仲介者が現れ、自分に契約を交わすことが許されたとしたのなら、フラスの后のような人間のいない世界にしようと考えていた。契約の真の内容も知らず、実現するとは思っていなかったから。

いや、きっとそれよりも……。まだクライのように、失って悲しむことのできる相手と巡り会うとは思ってもみなかったから願っていたんだ。

目の前で黙って本を読む少女をシクライドは見つめていた。

「ごめんなさい」

最初、彼女は黙示録を読み終わった時にそう言っていた。その時のリミティスは何かに怯えているようだった。彼女は自分の運命ではなく、他人を巻き込むことを何よりも恐れていた。

「知って……いたんですね」

消えそうな声でシクライドに尋ねたこともあった。

リミティスが読んでいる黙示録の最終章には、仲介者と契約者の伝説が細かく記載されていた。彼女があの巨木で発した言葉が仲介者の証であることも、仲介者の生命を無に帰すことで今の世界を変える契約の施行となることも全て書かれてあった。

シクライドが契約の言葉を受け入れた時、彼はこの内容を知っていたのだ。彼女に尋ねられてもシクライドは頷くことしかしなかった。彼女もまた「そう」と呟いただけで、彼を責めようとはしなかった。

その彼女に〈リミティス〉という名を与えたのも彼だった。災いの年、スノー・ルノアが名前の由来ではあまりに悲しいからと、シクライドは言っていた。

黙示録を読み終え、リミティスが顔を上げると、シクライドはいつの間にか書物室に唯一ある窓から外を眺めていた。

彼の横顔を見つめつつリミティスは思っていた。

シクライドと出会う前に、消えていれば……、あの時、あの手を取り合わなければ……。そんな念が頭の中を巡っていた。

彼には感謝していた。たとえあの時、彼が変えられない運命を動かしてしまったのだとしても、この想いは変わらなかった。

「契約の刻は、言葉を交わしてから五年後に訪れる。なお、新しい世界に仲介者は存在できない」

黙示録、最後の文章はそうしめくくられていた。

「ありがとう」

シクライドに届かない程度に彼女は呟いた。

「今、何か言ったか?」

「いいえ」

こちらを振り向いた彼に、リミティスは首を横に振りながら答えた。

シクライドは深呼吸して、再び窓の外に目をやった。眼下に広がる闇には無数の灯火が浮かんでいた。それは、あの巨木からの景色より劣っていたが宙《そら》の星のようだった。

シクライドがクライと初めて見た雪の光は、この光よりも美しかった。その雪が、クライが話していたように普通に今も降っていたのなら、この国は陽の光などなくても明るかったに違いないと思っていた。フラスが光竜を奪わなければきっと、フラスよりも美しい国となっていた。

いくら見つめていても、雪など降らないと分かりきっていても彼は窓からの景色を眺めていた。

あの時の誓いに嘘などなかった。漆黒の闇に灯された光のように……。その光が彼に託したのかもしれない。叶えられなかった、光竜と黒竜の夢を。そして、リミティスに知って欲しかった。強く願えば、必ず叶うと言った言葉に偽りはないと。

契約の言葉を交わしてから今日でちょうど五年だった。たったの五年間だった。長い時が許されている人にとっては、何でもない、わずかな時間にすぎないに違いない。それでも二人にとっての事実はここにある。限られた時間で、限りある空間で、出会うこともなかったかもしれない相手と巡り会ったという事実が。

だから、良かったのかもしれない、とリミティスは思っていた。たとえ、人より時間が短くても、失うものが多かったとしても、本当に大切なモノに気づくことができたから……。

信頼や愛情という言葉では、リミティスとシクライドの絆を表わすことはできない。共にいた時間はそんな関係を築くにはあまりに短かった。けれど、先に待つ不安や恐怖を前に二人は逃げようとしなかった。互いを想っていたからこそ逃げるのではなく、受け入れた。互いが辿ることになる運命を受け入れたのは、それぞれが必要としていたモノを見つけたからだ。

失ってしまうと気づかなければ、人は何故分からないのだろう、その大切さに。

リミティスとシクライドは、何もかも捨てて逃げ出すこともできた。黙示録の伝説も、仲介者の存在も、迷信となりつつあったのだから。それに、誰かを犠牲にしなければならない世界なら、このまま滅びてしまえば……。
　そんな混沌とした感情が、消えることなく浮かび上がってきたこともあった。それを二人とも口にしなかったのは、知っていたからだ。その想いを口にしてしまったら、全てを壊しても大切に想う人を守りたいという気持ちを押えられなくなることを。
　——この想いは告げない、決して
　——届くことも許されない、想いにかけて
　互いの過去も記憶も、そして想いもまた、最後まで告げられることはなかった。再生される新しい世界へ込めた願いが、全てを届けてくれると信じていたからだ。

「そろそろ時間です。シクライド様、リミティス様」
　沈黙に包まれた空間に、臣下の声が響いた。

「分かった」

シクライドは短く答え、傍らにいたリミティスを促した。彼女は黙示録を元の場所に戻し、シクライドに続き書物室を後にした。

契約の施行の刻が訪れたのだ。

書物室には取り残された光石がその灯りを揺らめかせていた。

再生される世界には仲介者であるリミティスは存在できない。どんなに契約者が望んでも、それだけは叶えられない。そのことを知っていたシクライドは、契約を受けた時から決めていた。自分も無に帰ろう、と。そして、再生後の世界に望みを託した。

大切なモノ、大切なモノを想う気持ちを失わない世界となるように。それは失う悲しみ、切なさを知っている者たちが最後まで守りたかったものだから。

時は巡り二人は契約の場へと歩みを進めていた。あの時、彼らがこの結末に気づいていたら、あるいは違った未来が見えていたかもしれない。けれど、彼らは同じ道を進んだだろう。悲しくも残酷な運命の歯車が回り始めた刻を変えることなく。

真実は闇の中へと閉される。だが、願わくは、その先に何かを見つけていける世界となるように……強く祈る。

あとがき

この話は、私が高校時代に初めて書いた作品……のサイドストーリーを改良したものです。本編、サイドストーリー共に当時の原稿やデータも残していなかったのですが、こうして再び形にすることができ、嬉しく思っています。初めて考えた作品は、やはり自分にとって特別であり原点でもあるなあと改めて感じました。

サイドストーリーを本編より先に書いたのも、主人公二人の出会いにこの話の原点があると感じたからです。そういった意味でも、いつか本編も当時書いた内容を思い起こして書き残せれば、と心の片隅で思ってたりします。

最後になりましたが、本書を手に取っていただいた読者の皆さんと編集にかかわって下さった皆さんに感謝の気持ちを贈ります。ありがとうございました。

著者プロフィール

氷雨　斗祁（ひさめ　とき）

1981年　岡山県倉敷市生まれ。
高校生の頃、友人が創作した小説を読み、それに感化され自身も小説を書き始める。以後、携帯メールを通じて自作の詩や小説を友人と互いに配信しあうようになる。現在、臨床検査技師の仕事をしながら執筆活動に取り組んでいる。

光夜の彼方　—真実の先にあるもの—

2005年５月15日　第１刷発行

著　者　氷雨　斗祁
発行者　米本　守
発行所　株式会社　日本文学館
〒104-0061　東京都中央区銀座 3-11-18
電話 03-3524-5207（販売）
印刷所　株式会社　東京全工房

ISBN4-7765-0512-6